*Para todos los niños que estáis en
la situación de Zoe, Ana o Víctor.*

Pilar Serrano

Para Natis.

Canizales

É G A L I T È

Hoy no juegas
Colección Egalité

© del texto: Pilar Serrano, 2018
© de las ilustraciones: Canizales, 2018
© de la edición: NubeOcho, 2018
www.nubeocho.com · info@nubeocho.com

Correctora: M.ª del Camino Fuertes Redondo

ISBN: 978-84-17123-45-1
Depósito legal: M-13842-2018

Esta obra ha recibido una ayuda del Gobierno de
las Islas Baleares y del Institut d'Estudis Baleàrics.

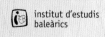

G CONSELLERIA
O CULTURA,
I PARTICIPACIÓ
B I ESPORTS

institut d'estudis
baleàrics

Impreso en China a través de Asia Pacific Offset,
respetando las normas internacionales del trabajo.

HOY NO JUEGAS

Pilar Serrano   Canizales

nubeOCHO

Ana estaba nerviosa, le sudaban las manos
y le dolía el estómago.

Desde que la niña nueva, Emma, llegó
a la clase, todo se había convertido
en una pesadilla.

Últimamente Ana no podía estar en
el recreo con sus amigos, Zoe y Víctor.

Emma decidía quién jugaba
y también a qué se jugaba.

Antes el recreo era el mejor
momento del día, ahora era
una carrera para intentar entrar
en el "club de Emma".

Esa mañana Emma le dijo a Ana que le diera su sándwich.

Ana sabía que si no lo hacía, ella no la dejaría acercarse al grupo.

Así que, a pesar de ser un rico sándwich de mortadela y de que su barriga rugía como un león, se lo dio.

Ana se puso roja como un tomate. Se moría
de ganas de taparle la boca a Emma para
que dejase de decir esas cosas.

Pero no se atrevía a gritar en medio de la clase que Emma era una mentirosa.

Tampoco quería contárselo a su maestra, porque tenía miedo de que todos la llamasen soplona.

A la mañana siguiente, Ana
vomitó otra vez el desayuno.

Nada más comenzar la clase, un trozo de papel pasaba de mano en mano y de mesa en mesa. Se escuchaban risitas de fondo.

AYER ANA SE ESTABA
BESANDO CON VÍCTOR
EN EL COMEDOR

A Zoe no le hizo ninguna gracia aquella nota. Víctor, Ana y ella se conocían desde que tenían tres años y eran muy buenos amigos, pero desde que llegó Emma no había más que problemas.

Zoe rompió la nota en mil pedacitos.

Víctor, ¿tú también te vas a ir con ellas o quieres jugar con **todos los demás?**

¡Ah! El otro día las pillé diciendo que jugabas al fútbol como un pato mareado.

Ana y Zoe movían la cabeza negándolo. Pero Víctor, sin saber a quién creer, caminó detrás de Emma para unirse a los demás niños.

A todos los dejó alucinados el modo
en que Zoe se enfrentó a Emma.

A la salida de la escuela, Víctor se estaba acercando a sus amigas Ana y Zoe, cuando Emma se adelantó.

¿Te vas con tu novia, Víctor? A lo mejor mañana **no puedes jugar con nosotros...**

Durante el resto de la semana, las cosas empezaron a
cambiar, cada día se unía otro compañero a almorzar
con ellos en el banco.

Pronto empezaron a proponer sus propios
juegos. No tenían jefes, ni clubes, sino que
decidían entre todos lo que querían hacer.

Pasaron los días, el "grupo del banco" cada vez era más grande y Emma cada vez estaba más sola.

Hasta que un viernes, mientras todos se divertían,
escucharon una voz que preguntaba:

—¿Puedo jugar?

Emma parecía triste, ¿se habría dado cuenta
de por qué estaba sola?

Quizás algún día, si decidía cambiar, también
ella podría jugar con los demás.